Fábula de Esopo
Narrada por Pat Mora
Ilustrada por José Ortega

Traducida por Alma Flor Ada

GoodYearBooks

¿Dónde se ha escondido
el agua en este día caluroso,
caluroso?

3

¿Está en la montaña? No, no, no.

4

5

El cuervo ve al agua escondida
en este día caluroso,
caluroso.

¿Puede llegar
al agua?
No, no,
no.

6

El cuervo sabe lo que tiene
que hacer.

Agua, agua, agua.

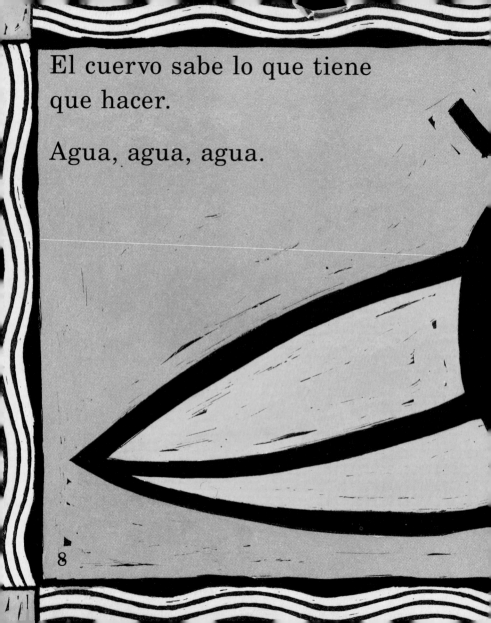

9

El cuervo encuentra piedrecitas
en este día caluroso, caluroso.

Una, dos, tres.
One, two, three.

11

El cuervo echa las piedrecitas
en este día caluroso, caluroso.

Una. ¿Puede alcanzar
el agua?
No, no, no.

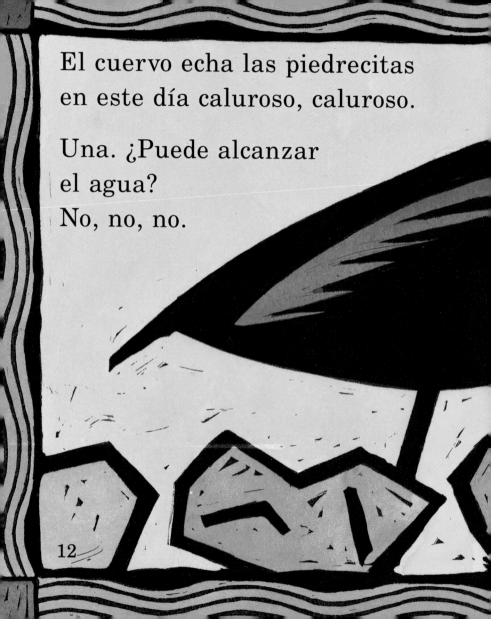

Dos. ¿Puede alcanzar el agua?
No, no, no.

15

Tres. ¿Puede alcanzar el agua?
Sí, sí, sí.

Agua, agua, agua.